Ravensburger Taschenbücher
Band 172

Till Eulenspiegel

Otto Maier Verlag Ravensburg

Erstmals 1970 in den Ravensburger Taschenbüchern
Lizenzausgabe mit Genehmigung der Atrium AG, Zürich

Gesamtausstattung: Eberhard Binder-Staßfurt

Gesamtherstellung: Verlag und Druckerei G. J. Manz AG, Dillingen
Printed in Germany

10 9 8 7 80 79 78 77

ISBN 3-473-39172-7

Inhalt

Herrschaften!

Auch die von euch, die noch in keinem Zirkus waren, werden hoffentlich wissen, was ein Clown ist. Erinnert ihr euch? Clowns, das sind Spaßmacher, die so bunt und ulkig herausgeputzt sind, als ob das ganze Jahr über Maskenball wäre.
Sie rennen im Zirkus immer hinter den dressierten Pferden her, wollen aufspringen, fallen in den Sand und überkugeln sich. Sie versuchen Zauberkunststücke, die natürlich nicht gelingen. Und weil die Clowns alles verkehrt machen, lachen sich die Zuschauer schief.

Und nun stellt euch einmal vor: Ein solcher Clown ginge eines schönen Tages aus dem Zirkus fort! Ohne einen Pfennig Geld, und ohne dem Zirkusdirektor etwas davon zu sagen! In seinem scheckigen, völlig verrückten Anzug! Ohne etwas Richtiges gelernt zu haben; ohne Koffer und Spazierstock; ohne Eltern und reiche Verwandte!

Er ginge ganz einfach aus dem Ort hinaus und wanderte die Landstraßen entlang und quer durch die rauschenden Wälder, bis er in eine kleine Stadt käme. Und dort stünde ein dicker Bäckermeister vor der Ladentür. Der sähe den Clown des Weges kommen und würde sagen: „Nanu, was bist du denn für eine komische Figur?"

„Ich?" würde der Clown antworten. „Ich bin ein wandernder Bäckergeselle. Haben Sie vielleicht zufällig eine Stelle frei?"

Toll, was? Und nun stellt euch gar noch vor, der Bäckermeister stellte den wandernden Clown tatsächlich als Bäckergesellen ein! Einen Kerl, der noch nie im Leben Teig gerührt oder Semmeln, geschweige Apfeltorte gebacken hat! Könnt ihr euch denken, was er anstellen würde?

Unfug würde er anstellen. Nichts als lauter Unfug.
Und wenn er genug Unfug angestellt hätte?
Dann würde ihn wahrscheinlich der brave, dicke Bäckermeister hinausfeuern. Und dann müßte er weiterwandern. Bis er in einem anderen Ort vielleicht von einem Schuhmachermeister folgendermaßen angesprochen würde:
„Was bist du denn für einer, hm?"
„Ich?" würde der Clown antworten. „Ich bin ein wandernder Schustergeselle."
Und der Schuhmachermeister würde sagen: „Das ist ja großartig! Mein Geselle liegt im Krankenhaus. Komm herein! Bis morgen müssen zwanzig Paar Stiefel besohlt werden."
O jeh!
Könnt ihr mir glauben, daß es so einen merkwürdigen Menschen gegeben hat? Nein?
Es hat ihn gegeben! Mein Ehrenwort!
Es ist freilich schon lange her. Im Mittelalter, vor sechshundert Jahren, gab es einen Zirkusclown, der durch Deutschland zog und, wohin er auch kam, Unfug anstellte, bis es seinen Landsleuten schwarz vor den Augen wurde.
Dieser Clown hieß Till Eulenspiegel. Und das

einzige, was er außer seinen Possen konnte, war das Seiltanzen. Doch er hatte keine Lust, im Zirkus und auf den Jahrmärkten aufzutreten. Er wollte nicht, daß die anderen über ihn lachten. Sondern er wollte über die anderen lachen.

Darum zog er in Deutschland von Ort zu Ort. Und überall, wohin er kam, ergriff er eiligst irgendeinen Beruf, von dem er nichts verstand. Er war nacheinander Bäcker, Schuster und Schneider, Turmbläser, Wahrsager und Arzt, Schmied, Koch und Pastor, Tischler, Fleischer, Heizer und Universitätsprofessor. Es gab kaum einen Beruf, den er nicht gelegentlich ausübte, und keinen Beruf, den er verstand.

So war Till Eulenspiegel nicht nur einer der größten Clowns aller Zeiten, sondern bestimmt der eigenartigste. Weil er eben nicht im Zirkus auftrat, sondern mitten im wirklichen Leben! Manche, die er auf diese Weise hereingelegt hatte, lachten hinterher und nahmen ihm seine Streiche nicht weiter übel. Das waren die Gescheitesten.

Die meisten wurden aber schrecklich böse auf ihn und ruhten nicht eher, als bis sie sich gerächt hatten. Das war sehr dumm von ihnen. Denn Eulenspiegel hatte ein gutes Gedächtnis. Nach Jahr und Tag tauchte er plötzlich wieder auf und verulkte sie, daß ihnen Hören und Sehen verging. Immer lachte er als letzter.

Die Zahl der Geschichten, die man sich vom Till Eulenspiegel erzählt und die in alten Büchern berichtet werden, ist sehr groß. Und wenn ich sie euch alle miteinander berichten wollte, würde das Buch so viel wiegen, daß ihr's nicht heben, noch tragen könntet. Drum will ich nur zwölf seiner seltsamen Abenteuer erzählen und, wie sich das gehört, mit dem ersten anfangen. Dieses erste Abenteuer Eulenspiegels war seine Taufe.

Wie Eulenspiegel dreimal getauft wurde

Es ist traurig, aber wahr. Der arme Junge wurde dreimal getauft! Wer weiß, vielleicht war das daran schuld, daß er später so ein komischer Vogel wurde. Möglich ist alles. Na ja. Geboren wurde der kleine Eulenspiegel jedenfalls nur einmal.

Und zwar zwischen Lüneburg und Braunschweig, in dem Dorf Kneitlingen. Und weil Kneitlingen so klein war, daß es keine Kirche hatte, mußte der Junge in Ambleben getauft werden. Ambleben hatte eine Kirche, und der der Pastor hieß Arnolf Pfaffenmeyer.

Pastor Pfaffenmeyer machte seine Sache sehr schön. Eulenspiegels Mutter war zwar im Bett geblieben, weil sie krank war. Aber die anderen Frauen, die mit nach Ambleben in die Kirche gekommen waren, fanden die Feierlichkeit großartig, obwohl der kleine Till ziemlich brüllte. Das war seine erste Taufe.

Hinterher gingen alle ins Wirtshaus. Erstens, weil Eulenspiegels Vater sie eingeladen hatte, und zweitens, weil sie Durst hatten. So etwas kann vorkommen.

Es gab Freibier. Es wurden Reden gehalten.

Und die Hebamme, die das Steckkissen mitsamt dem Baby von Kneitlingen nach Ambleben getragen und hier übers Taufbecken gehalten hatte, hatte den größten Durst und trank am

meisten. Als sie nun am späten Nachmittag aufbrachen, um nach Kneitlingen heimzuwandern, hatte die ganze Gesellschaft einen sanften Schwips. Die Hebamme natürlich auch.

Und als sie über einen schmalen Brückensteg gehen mußten, der keine Geländer hatte, bekam die Hebamme einen Schwindelanfall und purzelte, hast du nicht gesehen, von dem Steg in den Bach hinunter. Mitsamt dem Steckkissen und dem kleinen Till. Das war seine zweite Taufe.

Passiert war den beiden weiter nichts. Sie sahen nur maßlos dreckig aus. Denn der Bach war, so mitten im Sommer, ziemlich ausgetrocknet und voller Schlamm. Die Hebamme heulte. Eulenspiegels Vater schimpfte. Und der kleine Till schrie wie am Spieß. Kinder, sah der Junge schmutzig aus! Er wäre fast erstickt.

Als sie in Kneitlingen ankamen, wurde Till sofort in die Badewanne gesteckt und so lange mit Wasser begossen, bis er wieder manierlich aussah. Und das war nun sozusagen seine dritte Taufe.

Als Pastor Pfaffenmeyer am nächsten Tage von der Sache erfuhr, schüttelte er sein graues Haupt und sagte: „Wenn das nur gut geht mit dem Jungen! Dreimal getauft werden, das hält kein Kind aus. Was zuviel ist, ist zuviel.“

Und damit sollte der Pastor Pfaffenmeyer ja nun wirklich recht behalten.

Wie Eulenspiegel auf dem Seil tanzte

Till war schon als Kind ein rechter Lausejunge. Er ärgerte die Kneitlinger, wo er konnte. Sie beschwerten sich jedesmal bei den Eltern, aber meist war dem Bengel nichts nachzuweisen. Und der Vater zog ihm zwar dann die Hosen straff, weil er dachte: „Die Kneitlinger werden schon recht haben, und es kann nichts schaden.“ Doch warum er den Jungen versohlte, wußte er eigentlich nie.

Na, das ärgerte dann den kleinen Till, und dann ärgerte er die Kneitlinger wieder, und

dann ärgerten sich die Kneitlinger noch mehr, und zum Schluß bekam Till wieder Hiebe.
Das wurde dem Vater mit der Zeit zu anstrengend. Er begann zu kränkeln und starb.
Nun zog die Mutter mit dem Jungen aus Kneitlingen fort und in ihr Heimatdorf an der Saale. Till war mittlerweile sechzehn Jahre alt geworden und sollte einen Beruf ergreifen. Aber er dachte nicht im Traum daran. Statt dessen lernte er auf dem Wäscheseil, das auf dem Boden gezogen war, Seiltanzen.
Wenn ihn die Mutter dabei erwischte, kletterte er schleunigst aus dem Bodenfenster und setzte sich aufs Dach. Dort wartete er dann, bis sie wieder gut war. Das Bodenfenster ging auf den Fluß hinaus. Und als Till das Seiltanzen einigermaßen konnte, spannte er das Seil vom Boden aus über die Saale hinweg zu dem Boden-

fenster eines Hauses, das am anderen Ufer stand.
Die Kinder, die das beobachtet hatten, und die Nachbarn, die aus den Fenstern guckten, sperrten Mund und Nase auf, als Till das Seil betrat und langsam darauf balancierte, ohne herunterzufallen.
An beiden Ufern versammelten sich die Leute und blickten in die Luft. Sie waren fast so gespannt wie das Seil. Schließlich wurde auch Eulenspiegels Mutter aufmerksam. Sie kletterte, so schnell es ging, zum Boden hinauf, schaute aus dem Fenster und schlug die Hände über dem Kopf zusammen. Ihr Herr Sohn stand,

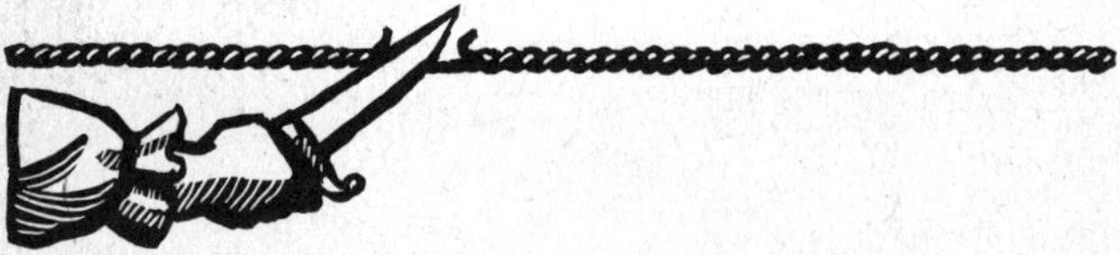

mitten über dem Fluß, auf ihrer Wäscheleine und machte Kunststückchen! Kurz entschlossen nahm sie das Kartoffelmesser aus der Schürzentasche und schnitt – ritsch! die Leine durch.
Und Till, der nichts gemerkt hatte, fiel sozusagen aus allen Wolken. Er fiel aus den Wolken

kerzengerade in den Fluß und mußte, statt auf dem Seil zu tanzen, in der Saale baden. Die Kinder und die Nachbarn und überhaupt alle, die das mitangesehen hatten, lachten sich halbtot und ärgerten Till durch schadenfrohe Zurufe.

Er krabbelte ans Ufer und tat, als hätte er nichts gehört. Doch im stillen nahm er sich vor, ihnen ihre Schadenfreude heimzuzahlen. Wenn möglich mit Zinsen.

Schon am nächsten Tag spannte er also sein Seil von neuem. Diesmal machte er es aber nicht am Bodenfenster seiner Mutter fest. Denn er wollte nicht schon wieder in der Saale baden. Weil, wie es heißt, von dem zu häufigen Baden die Haut dünn wird.

Nein, er spannte das Seil zwischen zwei anderen Häusern aus, hoch in der Luft, aber so, daß Frau Eulenspiegel es nicht sehen konnte. Natürlich kamen die Kinder wieder angerannt, und Bauern und Bäuerinnen kamen auch. Sie lachten und machten Witze über Till und fragten, ob er wieder vom Seil fallen wolle. Einige riefen, er müsse unbedingt herunterfallen, sonst mache ihnen die ganze Sache keinen Spaß.

Eulenspiegel aber sagte: „Heute zeige ich euch etwas noch viel Schöneres. Ihr müßt nur eure linken Schuhe ausziehen und sie mir aufs Seil geben. Sonst kann ich das Kunststück leider nicht machen.“

Erst wollten sie nicht recht. Doch dann zog einer nach dem anderen seinen linken Stiefel aus, und schließlich hatte Till hundertundzwanzig linke Schuhe vor sich liegen! Er knüpfte sie mit den Schnürsenkeln zusammen und kletterte, mit dem Stiefelberg beladen, aufs Seil hinauf.

Unter ihm standen hundertundzwanzig Zuschauer, und jeder von ihnen hatte nur noch einen Schuh an.

Eulenspiegel ging nun, vorsichtig balancierend, mit dem riesigen Schuhbündel Schritt für Schritt auf dem Seil vorwärts. Als er in der Mitte des Seils angekommen war, knüpfte er die Senkel auf und rief: „Aufgepaßt!“
Und dann warf er die hundertundzwanzig Schuhe auf die Straße hinunter! „Da habt ihr

eure Pantinen wieder!“ rief er lachend. „Paßt aber gut auf, daß ihr sie nicht vertauscht!“
Da lagen nun hundertzwanzig Schuhe auf der Straße, und drumherum standen hundertzwanzig Leute, von denen jeder einen Schuh zuwenig anhatte! Und dann stürzten sie wie die Verrückten über die Schuhe her. Jeder suchte den, der ihm gehörte. Und bald war die schönste

Prügelei im Gange. Man schlug sich und riß sich an den Haaren und wälzte sich brüllend auf der Straße herum.

Es dauerte eine Stunde und dreiundvierzig Minuten, bis jeder seinen linken Schuh wiederhatte. Aber wie die armen Leute aussahen! Sie hatten Beulen am Kopf und Löcher in den Hosen. Sieben Zähne lagen auf der Straße. Und neunzehn Bauern und elf Kinder konnten kaum nach Hause gehen, so humpelten sie.

Alle aber schworen sie, Till Eulenspiegel kurz und klein zu prügeln, wenn sie ihn erwischten.

Nur, das mit dem Erwischen war schwierig. Denn Till ging ein Vierteljahr lang nicht vor die Tür. Er saß die ganze Zeit bei seiner Mutter im Hause. Und sie freute sich und sagte: „Das ist recht, mein Sohn. Endlich bist du vernünftig geworden."

Die Ärmste!

Wie Eulenspiegel in einem Bienenkorb schlief

Einmal war Till mit seiner Mutter in einem Nachbardorf zur Kirchweih. Dort trank der Lümmel so viel Bier, daß er schon am hellen Mittag total betrunken war. Außerdem war er auch müde und suchte sich ein schattiges Plätzchen zum Schlafen.

Dabei geriet er in einen stillen Garten, in dem viele Bienenstöcke standen. Es waren auch leere Stöcke darunter, und in einen der leeren Bienenstöcke legte er sich und schlief ein. Er schlief von Mittag bis gegen Mitternacht. Und Frau Eulenspiegel, die ihren Herrn Sohn überall auf dem Kirchweihrummel gesucht hatte, dachte, er sei schon längst nach Hause gegangen.

Statt dessen lag er, wie gesagt, in dem leeren Bienenkorb und schlief seinen Schwips aus.

Gegen Mitternacht kamen zwei Diebe in den stillen, abgelegenen Garten und wollten einen Bienenkorb stehlen, um dann den Honig zu verkaufen. „Wir werden den schwersten Korb nehmen“, sagte der eine Dieb. „Je schwerer der Korb ist, um so mehr Honig hat er.“

„In Ordnung“, sagte der andere. Und dann hoben sie die Körbe der Reihe nach hoch. Der schwerste war natürlich der, in dem Eulenspiegel lag. Und deshalb nahmen sie den, luden ihn sich auf die Schultern, schleppten ihn aus dem Garten auf die Straße hinaus und wanderten stöhnend und schwitzend ihrem Dorf zu.

Eulenspiegel war natürlich aufgewacht und ärgerte sich, daß ihn die beiden Kerle geweckt hatten und nun auch noch nachts in ein Dorf schleppten, in dem er gar nicht wohnte.
Als sie ihn so eine Weile getragen hatten, griff er vorsichtig aus dem Bienenkorb heraus und zog den Vorderen furchtbar an den Haaren.

„Aua“, schrie der Dieb. „Bist du denn ganz verrückt geworden?“ Er dachte selbstverständlich, der andere Dieb sei es gewesen und schimpfte schauderhaft.

Der andere wußte nicht, was los war, und sagte: „Du bist wohl übergeschnappt? Ich schleppe an dem Bienenkorb wie ein Möbelträger, und du bildest dir ein, ich hätte Zeit und Lust, dich an den Haaren zu ziehen! Zu dumm!“

Eulenspiegel amüsierte sich königlich, und nach einer Weile rupfte er den Hintermann am Haar, und zwar derartig, daß ihm ein Büschel Haare in der Hand blieb.

„Nun wird mir's aber zu bunt!" brüllte der Dieb. „Erst träumst du, ich hätte dich an den Haaren gezogen. Und nun reißt du mir fast die Kopfhaut runter! So eine Frechheit!"
„Blödsinn!" knurrte der andere. „Es ist so dunkel, daß ich die Straße kaum sehen kann, und ich halte den Korb mit beiden Händen fest, und da soll ich noch hinter mich greifen und dir Haare herausziehen können? Bei dir piept's ja!"
Sie stritten, fluchten und ächzten, daß Till Eulenspiegel beinahe laut gelacht hätte. Aber

das ging natürlich nicht. Statt dessen riß er, fünf Minuten später, den Vordermann derartig am Haar, daß der mit dem Schädel an den Bienenkorb krachte, den Korb fallen ließ, sich umdrehte und dem Hintermann wütend mit beiden Fäusten ins Gesicht schlug.

Nun ließ auch dieser Dieb den Korb fallen und warf sich mit aller Wucht auf den Vorderen. Im nächsten Augenblick lagen beide am Boden und rangen und schlugen und kratzten sich, bis sie schließlich so übereinander wegpurzelten, daß sie, so wütend waren sie, sich im Dunkeln überhaupt nicht wiederfanden. Eulenspiegel aber blieb gemütlich in seinem Korb liegen und schlief weiter, bis ihn am Morgen die Sonne weckte.

Dann stand er auf und ging seiner Wege. Er kehrte übrigens nicht zu seiner Mutter zurück, sondern verdingte sich bei einem Raubritter als Reitknecht. Obwohl er gar nicht reiten konnte! So ist es kein Wunder, daß ihn der Ritter sehr bald aus seiner Burg hinauswarf.

Wie Eulenspiegel die Kranken heilte

Es stimmt schon. Wer als Kind ein rechtes Radieschen war, wird als Erwachsener immer schlimmer. Noch dazu, wenn der Vater zu früh wegstirbt. So war es auch mit Till Eulenspiegel. Er trieb es von Jahr zu Jahr toller.

Er wechselte die Berufe öfter als das Hemd. Und da er nirgends lange bleiben konnte, weil man ihn sonst verkehrt aufgehängt oder wenigstens halbtot geschlagen hätte, kannte er, kaum daß er zwanzig Jahre alt war, Deutschland wie seine Westentasche.

So kam er auch nach Nürnberg. Und hier trieb er's ganz besonders bunt. Er klebte an die Kirchentüren und ans Rathausportal Plakate, auf denen er sich als Wunderdoktor ausgab.

Es dauerte auch gar nicht lange, da kam der Verwalter vom Krankenhaus zum Heiligen Geist anspaziert und sagte: „Sehr geehrter Herr Doktor! In unserem Spital liegen so viele Kranke, daß ich mir nicht mehr zu helfen weiß. Alle Betten sind belegt, und das Geld reicht vorn und hinten nicht. Können Sie mir keinen guten Rat geben?"

Eulenspiegel kratzte sich hinterm Ohr und ant-

wortete: „Doch, doch lieber Mann. Aber guter Rat ist teuer."
„Wieviel?" fragte der Verwalter.
Und Eulenspiegel sagte: „Zweihundert Gulden."
Zunächst blieb dem guten Mann die Luft weg. Und dann erkundigte er sich, was der Herr Doktor Eulenspiegel dafür leisten wolle.

„Dafür mache ich an einem einzigen Tag alle Kranken gesund, die im Hospital liegen! Wenn mir's nicht gelingen sollte, will ich keinen Pfennig haben."
„Ausgezeichnet!" rief der Mann, nahm Eulenspiegel auf der Stelle mit ins Krankenhaus und

sagte den Kranken, der neue Doktor wolle sie alle heilen. Sie müßten sich nur genau nach seinen Vorschriften richten.
Dann ging er ins Verwaltungsbüro und ließ Till mit den Kranken allein. Eulenspiegel ging langsam von Bett zu Bett und unterhielt sich mit den Leuten. Er sprach sehr leise und geheimnisvoll mit jedem von ihnen. Und einem jeden sagte er das gleiche.
„Ich will euch allen helfen", sagte er, „dir, mein Freund, und den andern auch. Und ich weiß ein fabelhaftes Rezept dafür. Ich muß einen von euch zu Pulver verbrennen. Dieses Pulver müßt ihr dann einnehmen. Ich habe mir auch schon überlegt, wen von euch ich zu Pulver verbrennen werde: den Kränksten im Saal. Das wird das beste sein, meinst du nicht auch? Na also."
Dann beugte er sich noch tiefer und fuhr noch leiser fort: „In einer halben Stunde hole ich den Verwalter herauf. Der wird die Gesunden unter euch fortschicken. Es wird also gut sein, wenn du dich ein bißchen beeilst, mein Lieber. Denn den Letzten verbrenne ich leider zu Pulver. Die Sache will's!" So ging er zu jedem und erzählte jedem das gleiche.

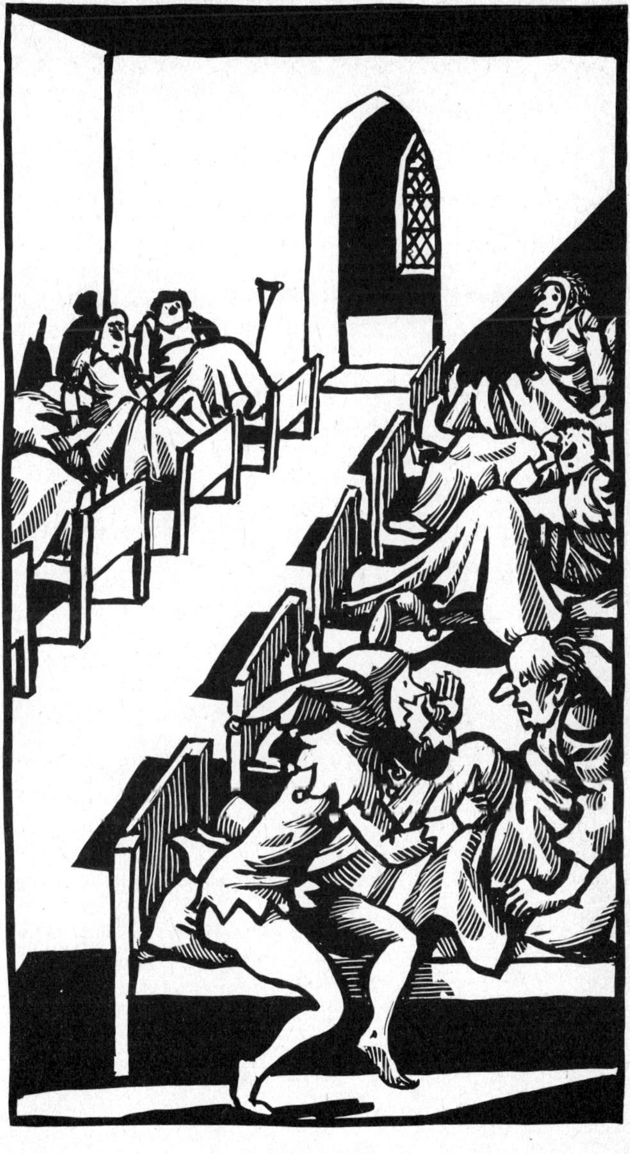

Dann holte er endlich den Verwalter nach oben. Und der Verwalter rief mit lauter Stimme: „Wer sich gesund fühlt, ist entlassen!"
In drei Minuten war der Saal leer! Alle rannten oder humpelten, so schnell sie nur irgend konnten, aus dem Krankenhaus hinaus. Solche Angst hatten sie! Es waren welche dabei, die seit zehn Jahren hier gelegen hatten.
Der Hospitalverwalter war sprachlos. Er raste ins Büro und brachte Eulenspiegel zweihundert-

zwanzig (220) Gulden. Die streckte er ihm hin und sagte: „Zwanzig Gulden gebe ich Ihnen extra. Sie sind der beste Arzt der Welt.“
„Stimmt“, sagte Eulenspiegel. Damit meinte er den Geldbetrag. Er steckte ihn in die Tasche, empfahl sich und machte, daß er Nürnberg in den Rücken bekam.
Schon am nächsten Tag kehrten alle Kranken ins Hospital zum Heiligen Geist zurück und legten sich wieder in ihre Betten.

Der Verwalter war außer sich. „Um alles in der Welt“, rief er, „ich denke, er hat euch gesund gemacht?“
Da erzählten sie ihm, warum sie gestern davongelaufen waren, und daß sich keiner habe zu Pulver verbrennen lassen wollen.
„Ich bin ein Esel“, sagte der Verwalter. „Der Lump hat mich betrogen, und ich habe ihm sogar noch zwanzig Gulden mehr gegeben, als er verlangt hat!“

Wie Eulenspiegel Eulen und Meerkatzen buk

Einmal kam Eulenspiegel auch nach Braunschweig und suchte die Herberge zur Heimat, weil er dort übernachten wollte. Er fragte einen Bäcker, der vor seinem Laden stand, nach dem Weg. Der Bäcker beschrieb ihm genau, wie er gehen müsse, und fragte noch: „Was bist du denn eigentlich?“

„Ich?“ sagte Till, „ich bin ein wandernder Bäkkergeselle.“

Da freute sich der Bäcker, denn er brauchte gerade einen Gesellen. Und Eulenspiegel blieb für Lohn, Beköstigung und freies Logis in der Bäkkerei. Weil nun der Meister selber mitunter in der Backstube arbeitete, fiel es ihm am ersten und zweiten Tage überhaupt nicht auf, daß Till vom Backen nicht mehr verstand als ein Ochse vom Klavierspielen.

Doch am dritten Tage wollte sich der Meister früh am Abend schlafen legen. Vielleicht wollte er auch in den Gasthof „Zum Schwarzen Eber“ gehen und kegeln.

Jedenfalls sagte er zu Till: „Heute nacht mußt du allein backen. Ich komme erst morgen früh wieder herunter.“

„Ist recht", meinte Till. „Aber was soll ich denn backen?"
„Da hört sich ja Verschiedenes auf!" rief der Meister. „Du bist ein Bäckergeselle und fragst mich, was du backen sollst! Meinetwegen Eulen und Meerkatzen!" Er hätte ebensogut sagen

können: ‚Veilchen und junge Hunde'; und er sagte ‚Eulen und Meerkatzen' natürlich nur, weil er sich über die dumme Frage seines Gesellen geärgert hatte.
Aber als er fort war, rührte Eulenspiegel den Teig an und buk von zehn Uhr abends bis drei Uhr früh tatsächlich lauter Eulen und Meerkatzen.
Als der Meister am Morgen hereintrat, dachte er, er käme in den Zoo. Überall lagen und stan-

den knusprig gebackene Tiere. Und er sah sich vergeblich nach Broten, Brötchen und Semmeln um.

Da schlug er vor Wut mit der Faust auf den Tisch und rief: „Was hast du denn da gebacken?“

„Das sehen Sie doch“, sagte Till. „Eulen und Meerkatzen. Wie Sie's verlangt haben. Sind die Biester nicht ähnlich genug? Ich hab' mir furchtbar viel Mühe gegeben.“

Eulenspiegels Frechheit brachte den braven Mann vollends auf den Baum. Er packte ihn am Kragen, schüttelte ihn hin und her und brüllte: „Aus dem Hause! Aber sofort, du Haderlump!“

„Erst müssen Sie mich loslassen“, sagte Till. „Sonst kann ich nicht weg.“ Der Meister ließ ihn los, und Till wollte schleunigst auf und davon. Doch da hielt ihn der Bäcker noch einmal fest. „Erst zahlst du mir den Teig, den du verhunzt hast!“

„Nur, wenn ich die lieben Tierchen mitnehmen darf“, erwiderte Eulenspiegel. „Wenn ich den Teig, aus dem sie gebacken sind, bezahle, gehören sie mir.“

Der Bäcker war einverstanden und nahm das Geld. Till aber verfrachtete seine Eulen und Meerkatzen in einen Tragkorb und zog damit ab.
Am Nachmittag war auf dem Platz vor der Kirche großes Gedränge. Till Eulenspiegel stand mitten unter den Leuten und verkaufte seine Eulen und Meerkatzen Stück für Stück und verdiente großartig daran.
Das sprach sich im Nu herum. Und als der Bäckermeister davon hörte, schloß er seinen Laden ab und rannte im Dauerlauf zur Sankt-Niklas-Kirche hin. „Der Kerl muß mir das Holz bezahlen, das er für das alberne Viehzeug verfeuert hat!“ rief er, während er durch die Gassen stürmte. „Und eine Benutzungsgebühr für den Backofen! Und einsperren lasse ich ihn außerdem!“
Doch als er auf dem Platz ankam, war Till Eulenspiegel schon über alle Berge. Er hatte seine Eulen und Meerkatzen restlos ausverkauft, und sogar den Korb, der dem Bäcker gehörte, hatte er für einen Taler verkauft.
Und die Braunschweiger lachten noch jahrelang über den armen Bäckermeister.

Wie Eulenspiegel Turmbläser war

Einmal trat Till beim Grafen von Anhalt in Dienst. Der Graf hatte damals viele seiner Ritter und deren Knechte im Bernburger Schloß versammelt, um die Bauern, die vor den Stadtmauern ihre Felder und Wiesen hatten, gegen die Überfälle der Raubritter zu verteidigen. Das war nötig geworden. Denn die Raubritter brandschatzten die Dörfer und trieben den Bauern das Vieh fort.
Eulenspiegel wurde auf dem höchsten Turm des Schlosses einquartiert und mußte von dort aus Tag für Tag über das Land schauen. Sobald die

Feinde kämen, sollte er auf einer Trompete Alarm blasen.

In den Schloßhof konnte er übrigens auch hinunterblicken. Da sah er dann immer die Ritter und Knechte an langen Tischen sitzen und ununterbrochen essen und trinken.

Und vor lauter Essen und Trinken vergaßen der Graf und die anderen, ihrem Turmbläser Essen hinaufzuschicken. Und obwohl er rief, so laut er konnte, hörten sie ihn nicht. Weil der Turm zu hoch war. Vom Turm herunterklettern durfte er auch nicht, da er ja dauernd ins Land schauen mußte. Eines schönen Nachmittags sah er die

Raubritter zu Pferde dahersprengen. Sie trieben die Viehherden vor der Stadt zusammen, steckten ein paar Scheunen in Brand und benahmen sich überhaupt sehr unfein.

Eulenspiegel lag im Fenster und schaute ihnen gemütlich zu. Doch die Trompete ließ er ruhig an der Wand hängen. Endlich kam einer der Bauern ins Schloß gerannt und erzählte dem Grafen von dem Überfall. Die Ritter holten hastig ihre Pferde aus dem Stall und jagten aus dem Stadttor. Doch die Feinde waren samt dem gestohlenen Vieh schon über alle Berge.

Als der Graf ins Schloß zurückkam, war er sehr wütend. Er kletterte in voller Rüstung auf den Turm hinauf und sagte: „Warum zum Donnerwetter, hast du nicht geblasen, als du die Feinde kommen sahst?“

„Und warum“, fragte Eulenspiegel, „habt Ihr mir nichts zu essen heraufgeschickt? Bevor man nicht gegessen hat, kann man nicht Trompete blasen.“

Ein andres Mal hatte der Graf die Feinde angegriffen und ihnen ihr Vieh fortgetrieben. Das Vieh war ins Schloß gebracht und dutzendweise am Spieß gebraten worden.

Und nun saßen wieder alle im Schloßhof drunten und aßen wie die Scheunendrescher. Till roch den Braten oben im Turm. Aber man vergaß den Wächter wieder einmal. Da nahm er kurz entschlossen die Trompete von der Wand, steckte sie durchs Fenster und blies Alarm.
Der Graf und die Ritter ließen das Essen stehen und liegen, zogen ihre Panzer an und galoppierten zur Stadt hinaus. Kaum waren sie fort, rannte Till vom Turm, belud sich mit Kalbs- und Schweinebraten und anderen Eßwaren, kletterte wieder auf den Turm und aß, bis ihm die Hose nicht mehr paßte.

Als der Graf zurückkehrte, war er wieder sehr wütend. Er stieg auf den Turm hinauf und sagte: „Bei dir ist wohl eine Schraube locker? Was fällt dir denn ein, Alarm zu blasen, wenn keine Feinde zu sehen sind? He?“

„Das macht der Hunger“, erwiderte Till. „Da phantasiert man wie im Fieber.“ „Unsinn“, sagte der Graf. „Wer Alarm bläst, wenn keine Feinde zu sehen sind, und nicht bläst, wenn sie kommen, ist kein Trompeter für mich.“ Er bestellte einen andern Mann zum Turmbläser, und Eulenspiegel wurde Fußknecht, also Infanterist.

Das war ihm gar nicht recht. Denn als die Feinde wieder vor der Stadt erschienen, mußte er mit zum Tor hinaus und kämpfen. Er ließ sich sehr viel Zeit und lief als letzter hinterdrein. Und als die Feinde in die Flucht geschlagen worden waren, rannte er als erster ins Schloß zurück. Das machte er beim nächsten und übernächsten Überfall ganz genauso, bis es allen, auch dem Grafen, auffiel. Und der Graf fragte, was das heißen solle.

„Die Sache ist die“, sagte Till. „Da ich als Turmbläser so wenig zu essen bekam, bin ich

körperlich nicht auf der Höhe. Wenn ich wirklich die Energie aufbrächte, der erste vorm Feind zu sein, müßte ich irrsinnig schnell zurückrennen, um als erster wieder im Schloß zu sein und rasch zu essen. Diese Rennerei würde meine Gesundheit nicht aushalten." „Scher dich zum Teufel!" rief der Graf aufgebracht. „Oder soll ich dich hängen lassen?" „Nein", sagte Till. „Auch das würde meine Gesundheit nicht aushalten!" Und er schnürte sein Bündel und verließ Schloß und Stadt Bernburg, so schnell er konnte.

Wie Eulenspiegel Erde kaufte

Der Graf von Anhalt war nicht der einzige deutsche Fürst, der Eulenspiegel mit dem Galgen bedrohte. Genau dasselbe tat, wenig später, der Herzog von Lüneburg. Till hatte nämlich auch im Herzogtum Lüneburg irgendwelche Dummheiten ausgefressen. Und der Herzog hatte ihm daraufhin gesagt: „Mach, daß du über die Grenze kommst! Wenn du dich wieder vor mir blicken läßt, wirst du gehängt!"

Eulenspiegel war damals wie der Blitz aus Lüneburg verschwunden. Später aber mußte er auf seinen Fahrten doch wieder durch das Gebiet des Herzogs, falls er keinen zu großen Umweg machen wollte. Er kaufte sich deshalb ein Pferd und einen Karren; und in der Nähe von Celle hielt er an einem Acker still, den ein Bauer pflügte, und kaufte dem Bauern für einen Schilling so viel Ackererde ab, daß der Karren bis obenhin voll davon wurde.

Dann setzte sich Till in den Karren, so daß nur der Kopf und die Arme aus der Erde hervorschauten. Und so kutschierte Eulenspiegel durch das ihm verbotene Herzogtum. Er sah fast aus wie ein fahrender Blumentopf.

Als er an der Burg Celle vorbeifuhr, begegnete er dem Herzog, der mit seinem Gefolge zur Jagd ritt. Der Herzog hielt an und sagte: „Ich habe dir mein Land verboten. Steig aus! Jetzt wirst du gehängt."

„Ich bin ja gar nicht in Eurem Land", erwiderte Eulenspiegel. „Ich sitze in meinem eignen Land. Ich hab' es rechtmäßig von einem Bauern gekauft. Erst gehörte es ihm. Nun gehört es mir. Euer Land ist es nicht." Der Herzog sagte: „Scher dich mit deinem Land aus meinem Land, du Galgenstrick! Und wenn du noch einmal hierherkommst, hänge ich dich samt Pferd und Wagen!"

Wie Eulenspiegel einem Esel das Lesen beibrachte

Eine Zeitlang beschäftigte sich Eulenspiegel damit, daß er von Universität zu Universität zog, sich überall als Gelehrter ausgab und die Professoren und Studenten neckte. Er behauptete alles zu wissen und zu können. Und er beantwortete tatsächlich sämtliche Fragen, die sie ihm vorlegten.

Bei dieser Gelegenheit kam er schließlich nach Erfurt. Die Erfurter Studenten und ihr Rektor hörten von seiner Ankunft und zerbrachen sich den Kopf, was für eine Aufgabe sie ihm stellen könnten. „Denn so wie denen in Prag", sagten sie, „soll es uns nicht ergehen. Er soll nicht uns, sondern wir wollen ihn hereinlegen."

Endlich fiel ihnen etwas Passendes ein. Sie kauften einen Esel, bugsierten das störrische

Tier in den Gasthof „Zum Turm“, wo Eulenspiegel wohnte, und fragten ihn, ob er sich zutraue, dem Esel das Lesen beizubringen.
„Selbstverständlich“, antwortete Till. „Doch da so ein Esel ein dummes Tier ist, wird der Unterricht ziemlich lange dauern.“
„Wie lange denn?“ fragte der Rektor der Universität.

„Schätzungsweise zwanzig Jahre“, meinte Till. Und hierbei dachte er sich: Zwanzig Jahre sind eine lange Zeit. Bis dahin stirbt vielleicht der Rektor. Dann geht die Sache gut aus. Oder ich sterbe selber. Oder der Esel stirbt, und das wäre das beste.
Der Rektor war mit den zwanzig Jahren einverstanden. Eulenspiegel verlangte fünfhundert alte Groschen für seinen Unterricht. Man gab ihm einen Vorschuß und ließ ihn mit seinem

vierbeinigen Schüler allein. Till brachte das Tier in den Stall. In die Futterkrippe legte er ein großes altes Buch, und zwischen die ersten Seiten des Buches legte er Hafer.
Das merkte sich der Esel. Und um den Hafer zu fressen, blätterte er mit dem Maul die Blätter des Buches um. War kein Hafer mehr zu finden, rief der Esel laut: „I-a, i-a!“ Das fand Eulenspiegel großartig, und er übte es mit dem Esel wieder und wieder.
Nach einer Woche ging Till zu dem Rektor und sagte: „Wollen Sie bei Gelegenheit einmal mich und meinen Schüler besuchen?“
„Gern“, meinte der Rektor. „Hat er denn schon einiges gelernt?“
„Ein paar Buchstaben kann er bereits“, erklärte Eulenspiegel stolz. „Und das ist ja für einen Esel und für eine Woche Unterricht schon allerhand.“
Schon am Nachmittag kam der Rektor mit den Professoren und Studenten in den Gasthof, und Till führte sie in den Stall. Dann legte er ein Buch in die Krippe. Der Esel, der seit einem Tag kein Futter gekriegt hatte, blätterte hungrig die Seiten des Buches um.

Und da Eulenspiegel diesmal überhaupt keinen Hafer ins Buch gelegt hatte, schrie das Tier unaufhörlich und so laut es konnte: „I-a, i-a, i-a!“

„I und A kann er schon, wie Sie hören“, sagte Eulenspiegel. „Morgen beginne ich damit, ihm O und U beizubringen.“

Da gingen die Herren wütend fort. Der Rektor ärgerte sich so sehr, daß ihn bald darauf der Schlag traf. Und Till jagte den Esel aus dem Stall. „Scher dich zu den andren Erfurter Eseln!“ rief er ihm nach. Dann schnürte er sein Bündel und verließ die Stadt noch am selben Tag.

Wie Eulenspiegel die Schneider aufklärte

Als er in Rostock war, schickte er in alle Städte und Dörfer Briefe, und in diesen Briefen forderte er alle Schneider Mecklenburgs auf, an einem bestimmten Tag nach Rostock zu kommen. Dort wolle er ihnen eine Kunst beibringen, die ihnen und ihren Kindern von großem Nutzen sein werde.

Und richtig, am festgesetzten Tag fanden sich in Rostock Tausende von Schneidern ein. Eulenspiegel führte sie auf eine Wiese vor der Stadt. Sie setzten sich ins Gras, aßen und tranken erst einmal, weil sie einen weiten Weg hinter sich hatten, und dann baten sie Till, seine Rede zu halten und die Kunst zu verraten, die ihnen und ihren Kindern nach seiner Meinung so nützlich sei.

„Meine Herren Schneidermeister", sagte Eulenspiegel darauf, „ich möchte euch mit größtem Nachdruck auf folgendes hinweisen: Wenn ihr eine Schere, eine Elle, einen Fingerhut, eine Nadel und Zwirn habt, braucht ihr nichts weiter. Und vergeßt nie, in den Faden, nachdem ihr ihn eingefädelt habt, einen Knoten zu machen. Sonst gleitet der Zwirn aus der Nadel und ihr macht die Stiche umsonst! Hat jemand noch eine Frage?"

Die mecklenburgischen Schneider sahen einander verblüfft an und machten lange Gesichter.

Endlich rief einer von ihnen: „Da hört sich ja alles auf! Deswegen sind wir bis nach Rostock gekommen? Das wissen wir schon seit tausend Jahren!"

„Seit tausend Jahren?“ fragte Till. „Wie alt bist du?“

„Fünfundvierzig Jahre“, antwortete der Schneider.

„Da hast du's“, sagte Till. „Wie kannst du es dann seit tausend Jahren wissen!“ Er schaute sich beleidigt um. „Ich habe es gut mit euch gemeint. Aber wenn es euch nicht paßt, könnt ihr ja wieder gehen!“

Nun wurden die Schneider ganz wild, und sie wollten ihn verprügeln. Er aber lief in ein Haus, das zwei Eingänge hatte. Zu dem einen lief er hinein und zum anderen hinaus. Sie erwischten ihn nicht, so sehr sie ihn auch suchten, und waren außer sich vor Wut.

Nur die Schneider, die in Rostock selber wohnten, lachten. „Wir haben gleich gewußt, daß er nichts als einen dummen Spaß vorhatte“, sagten sie. „Wie konntet ihr nur wegen dieses Kerls eine so weite Reise machen! Ihr seid wirklich dumm.“

So gab es zum Schluß noch Verdruß und Prügel zwischen den Schneidern aus Rostock und denen von außerhalb. Nur Eulenspiegel, der daran schuld war, blieb verschwunden.

Wie der Wind drei Schneidergesellen fortwehte

In dem Städtchen Brandenburg blieb Till Eulenspiegel vierzehn Tage lang. Und zwar in der Herberge „Zur Heimat“, wo wandernde Handwerksburschen billiges Quartier bekamen. Die Herberge lag am Marktplatz, und im Hause nebenan wohnte ein Schneidermeister.
Dieser Schneider hatte drei Gesellen. Die saßen bei schönem Wetter nicht etwa in der Werkstatt drin, sondern draußen vorm Haus auf einem

großen Brett, das sie morgens auf vier Pfosten legten, die in der Erde staken.

Sie hockten wie die Moslems auf ihrem Brett, mit untergeschlagenen Beinen, und nähten Hosen, Jacken und was es sonst zu nähen gab. Wenn Till an ihnen vorbeikam, wurden sie jedesmal wütend. Denn sie konnten ihn nicht ausstehen. Wahrscheinlich, weil er immer spazierenging, statt zu arbeiten, und zweitens, weil er stets in seinem Hanswurst-Gewand herum-

lief, statt bei ihrem Meister einen gutsitzenden Anzug zu bestellen.
Sie machten sich mächtig über ihn lustig, warfen Stoffreste hinter ihm her und streckten ihm sogar die Zunge heraus!
Eines Nachts schlich nun Eulenspiegel vor das Haus des Schneiders und sägte heimlich die vier Holzpfosten an.
Am nächsten Morgen, es war gerade Markttag und der Platz war voller Menschen, legten die drei ahnungslosen Schneidergesellen das Brett auf die Pfosten, setzten sich in Positur und arbeiteten, daß die Nähnadeln glühten.
Das ging eine Weile ganz gut. Bis der Schweinehirt kam und auf seinem Horn blies! Nun kamen die Schweine aus den Häusern gerannt, natürlich auch die Schweine des Schneidermeisters. Sie rieben sich faul an den Pfosten vorm Haus – und jetzt ging alles blitzschnell: Die angesägten Pfosten brachen ab; das Brett stürzte zu Boden; und die drei Gesellen flogen hoch im Bogen auf die Straße, mitten unter die erstaunten Leute! „Hilfe!“ rief jemand aus der Menge. „Der Wind weht drei Schneider fort!“

Ihr wißt selbstverständlich wer das rief, ja? Die blamierten Schneidergesellen kamen auch dahinter. Sie bekamen eine Mordswut auf Till. Aber solange er in Brandenburg blieb, saßen sie von jetzt ab in der Werkstatt drin, statt vorm Haus, schwitzten und dankten schließlich dem Himmel, als Eulenspiegel sein Bündel schnürte und wieder weiterwanderte.

Als er fort war, setzten sie sich sofort wieder vors Haus und sagten großspurig zu den Leuten: „Sein Glück, daß er weg ist, sonst hätten wir ihn bis zur Unkenntlichkeit verprügelt!“

Wie Eulenspiegel die Kürschner betrog

Als er einmal, kurz vor Fastnacht, in Leipzig eintraf, gelang es ihm nicht, auch nur für ein paar Tage bei einem der vielen Leipziger Kürschner Arbeit zu finden.

Das lag wohl daran, daß ihnen zur letzten Leipziger Messe ein Kürschner aus Berlin die Ohren vollgejammert hatte. Er hatte erzählt, wie ihm Eulenspiegel seinerzeit ein Dutzend schöner Wolfsfelle, statt sie zu bearbeiten, völlig zerschnipselt und daraus kleine ausgestopfte Wölfe und Teddybären gemacht hatte.

Und weil die Leipziger Kürschner keine Lust hatten, sich von Till ihre teuren Pelze verhunzen zu lassen, gaben sie ihm keine Arbeit. Und weil sie ihm keine Arbeit gaben, nahm er sich vor, sie bei nächster Gelegenheit einmal gründlich zu ärgern. Und diese Gelegenheit bot sich.

Eulenspiegel erfuhr zufällig, daß die Kürschner zum Fastnachtstage an ihrem Stammtisch ein Hasen-Essen planten. So klaute er in seinem Gasthof die Katze. Das war ein vollgefressenes Prachtexemplar.

Dann bat er den Koch um ein Hasenfell. Und oben im Zimmer nähte er die Katze, so sehr sie auch strampelte und kratzte, in das Hasenfell hinein. Dann klebte er sich einen Schnurrbart unter die Nase, zog andere Kleider an und stellte sich, als ob er ein Bauer sei, vors Rathaus.

Als einer der Kürschner, die er kannte, vorbeikam, fragte er den, ob er keinen Hasen kaufen wolle. Der Kürschner dachte an das Fastnachtsessen, bezahlte Till das Tier, nahm es bei den Ohren und brachte es an den Stammtisch, wo

die anderen Kürschner saßen und Bier tranken. Er zeigte ihnen den Hasen. Und sie waren von ihrem zappelnden Fastnachtsbraten hell begeistert.

Nun aber hatte einer der Kürschner einen Hund. Und sie trugen, nur so zum Spaß, ihren Hasen in den Garten hinaus und hetzten den Hund auf den Hasen.

Doch ehe sie sich's versahen, kletterte der Hase auf einen Baum und schrie kläglich: „Miau! Miau! Miau!"

Nun wurde ihnen langsam klar, daß sie verkohlt worden waren. Und weil man eine Katze nicht gut als Hasenbraten verzehren kann, bekamen sie eine Mordswut und schworen, den Kerl, der ihnen die Katze angedreht hatte, totzuschlagen.

Doch da sich Eulenspiegel, ganz gegen seine Gewohnheit, beim Verkauf der Katze verkleidet gehabt und danach wieder umgezogen hatte, kamen sie ihm nicht auf die Spur. Und Till blieb am Leben und ärgerte die Menschen weiter.

Wie Eulenspiegel Milch aufkaufte

In Bremen rollte er einmal ein riesengroßes Faß auf den Wochenmarkt, stellte es dort auf und kaufte alle Milch, welche die Bäuerinnen aus den Dörfern zur Stadt gebracht hatten. Eine nach der anderen schüttete ihre Milch in das Faß, und Till schrieb mit Kreide draußen an die Faßwand, wieviel Liter Milch ihm jede der Frauen verkauft hatte.

Zum Schluß gab es auf dem Markt außer in Tills Faß keinen Tropfen Milch mehr. Die Wände des Fasses waren über und über mit

Kreide beschrieben. Und das Faß war bis an den Rand hinauf voller Milch.
Es hatten sich viele Leute versammelt, die sich wunderten, was Eulenspiegel wohl mit dieser Unmenge Milch anfangen wolle. Sie sollten sich aber über noch ganz andere Dinge wundern.
Denn als das Faß voll war und die Marktfrauen ihr Geld verlangten, sagte Till: „Ich habe gerade kein Geld bei mir. Aber in vierzehn Tagen komme ich wieder nach Bremen zum Markt. Dann bezahle ich euch alles auf Heller und Pfennig.“

Da regten sich die Bäuerinnen furchtbar auf und riefen laut durcheinander. Und wenn er nicht sofort zahle, würden sie den Polizisten holen.
„Ich weiß gar nicht, was ihr wollt", sagte Eulenspiegel. Er war richtig ärgerlich. „Ich mache euch einen Vorschlag. Wer die vierzehn Tage nicht warten will, kann ja seine Milch wieder aus dem Faß herausnehmen. Aber paßt gut auf, daß keine von euch mehr herausnimmt, als sie hineingeschüttet hat."
Nun erhob sich ein Geschrei, daß im Rathaus drei Fensterscheiben zersprangen. Die Marktfrauen stürzten mit ihren Töpfen, Flaschen und Eimern über das Faß her. Und weil jede zuerst heranwollte, entstand ein wildes Durcheinander.
Man schlug sich mit den Eimern. Die Milch spritzte hoch durch die Luft und auf die Kleider. Und zu guter Letzt fiel auch noch das große Faß um und überschwemmte den Marktplatz. Es sah aus, als hätte es Milch geregnet.
Die Marktfrauen fielen übereinander her. Die Zuschauer lachten, bis sie Seitenstechen hatten. Und Eulenspiegel?

Nun, das wißt ihr, am Ende des Buches, bestimmt schon auswendig! Wo war Eulenspiegel? Immer, wenn er etwas angestellt hatte und die anderen ihn suchten, war Eulenspiegel längst auf und davon.

Wieder zog er nun über Berg und Tal, an Flüssen entlang und quer durch Wälder und Felder. Bis er in irgendeinen Ort kam, wo er noch keinen Unfug getrieben hatte. Das holte er dann ganz rasch nach.

War die Aufgabe zu seiner Zufriedenheit erledigt, nahm er von neuem die Beine unter den Arm, verschwand, und die Leute im Ort waren die Dummen.

Till trieb das bis ins hohe Alter so; und immer wieder entdeckte er ein Dorf oder eine Stadt, wo man auf ihn hereinfiel. Denn die Dummen – das war schon damals so –, die sterben nicht aus.

Münchhausen

Nacherzählt von Erich Kästner
mit vielen Bildern von Eberhard Binder

Eines steht fest, und daran ist nicht zu wackeln: Der Baron von Münchhausen hat wirklich gelebt, und zwar vor etwa 200 Jahren.
Wir wüßten heute nichts mehr von ihm, hätte er nicht beim Punsch ganz erstaunliche Lügengeschichten erzählt.
Durch Lügen kann man also berühmt werden?
Freilich! Aber nur, wenn man so lustig, so fantastisch, so treuherzig und so verschmitzt zu lügen versteht wie Münchhausen.

Ravensburger Taschenbücher Band 198

Gullivers Reisen

Nacherzählt von Erich Kästner
mit vielen Bildern von Horst Lemke

Mein Name ist Lemuel Gulliver. Wir schreiben das Jahr 1725. Früher war ich Schiffsarzt und da ...
... eines Nachts, als der Sturm entsetzlich heulte und haushohe Wellen über mein Schiff spülten, strandete ich an einem seltsamen Land. Dort fand ich Menschen und Tiere und einen König, die alle viel kleiner waren als meine Hand. Ihr könnt euch vorstellen, was das für eine Aufregung gab. – Nach zwei Jahren passierte mir dann wieder etwas Unvorstellbares – aber das müßt ihr schon selber lesen.

Ravensburger Taschenbücher Band 27

Die Schildbürger

Nacherzählt von Erich Kästner
mit vielen Bildern von Eberhard Binder

Wißt ihr eigentlich, wer die Schildbürger waren?
Im Mittelalter lag mitten in Deutschland eine Stadt, die Schilda hieß, und ihre Einwohner nannte man deshalb die Schildbürger. So einfach war das also. Es waren merkwürdige Leute. Alles, was sie anpackten, machten sie verkehrt. Und alle Leute riefen: »Wie kann man nur so dumm sein!« – Hier muß ich euch ein Geheimnis anvertrauen. Die Schildbürger waren gar nicht so dumm, sie stellten sich nur so! Und das ist natürlich ein großer Unterschied. Aber ihr werdet es beim Lesen selber merken.

Ravensburger Taschenbücher Band 117

Erich Kästners Bücher für die Jugend

EMIL UND DIE DETEKTIVE
EMIL UND DIE DREI ZWILLINGE
PÜNKTCHEN UND ANTON
DAS FLIEGENDE KLASSENZIMMER
DER 35. MAI
DAS DOPPELTE LOTTCHEN
ALS ICH EIN KLEINER JUNGE WAR
DAS VERHEXTE TELEFON
DAS SCHWEIN BEIM FRISEUR
DIE KONFERENZ DER TIERE
DER KLEINE MANN
DER KLEINE MANN UND DIE KLEINE MISS

Nacherzählt von Erich Kästner

Jeder Band mit 10 11 Farbtafeln
und vielen Schwarzweiß-Illustrationen
von Walter Trier und Horst Lemke

TILL EULENSPIEGEL
DER GESTIEFELTE KATER
MÜNCHHAUSEN
DIE SCHILDBÜRGER
DON QUICHOTE
GULLIVERS REISEN

Spannung und Abenteuer in den Ravensburger Taschenbüchern

Das Karussell auf dem Dach

Von Hans Baumann. Eine abenteuerliche Reise um die Welt auf den Spuren des entführten Dackels Toffi. Band 279

Der Geheimgang

Von Nina Bawden. Bringt der Geheimgang zu dem verschlossenen Nachbarhaus den Mallory-Kindern Glück? Band 194

Das grüne Klassenpferd

Von Winfried Bruckner. Eine tolle Geschichte von Jungenbanden, Schulstreichen, vergrabenen Schätzen – und Pferden. Band 250

Notlandung in der Arktis

Von A. R. Channel. Überlebende einer Bruchlandung werden von Verbrechern auf dem Eis ausgesetzt, denn – es geht um Gold! Band 238

Das Geheimnis des Schwarzen Engels

Von Leon Garfield. Wie Eddy, der Taschendieb, nach tollen Gefahren im alten London sein Glück machte. Band 297

Buschfeuer

Von Ivan Southall. Katastrophenalarm! Feuermassen wälzen sich unaufhaltsam auf die Städte zu. Band 176

Das Wassergespenst von Harrowby Hall und andere Geistergeschichten

Herausgegeben von Hanna Bautze. Dieses Buch lese man nachts im bleichen Lichte des Mondes oder im flackernden Schein einer Kerze. Band 200

Ravensburger Spiele

Was kommt dazu?

Jede der sechs Kartenserien dieses Legespiels zeigt ein buntes, lebendiges Bild, das jedoch mit unterschiedlich vielen Details gemalt wurde. Wie bei einem Suchbild soll das Kind alle Kärtchen genau betrachten und so ordnen, daß immer nur ein Detail dazukommt. Für 1–5 Spieler von 5–12 Jahren.

Art.-Nr. 605 5 508 7.

Steig ein!

Dieses spannende Familienspiel steckt voller Überraschungen und Zufälle. So originell wie der Spielplan mit der Drehscheibe ist auch die Spielidee dieses Würfelspiels. Wem gelingt es zuerst, für seine vier Spielfiguren einen Platz in den „vorbeifahrenden" Omnibussen zu ergattern? Für 2–4 Spieler von 6–99 Jahren.

Art.-Nr. 601 5 417 1.

Ornamenta

Ornamenta ist ein besonders vielseitiges und faszinierendes Legespiel. Aus 128 orange-weißen oder grün-weißen Kärtchen lassen sich harmonisch bewegte Ornamente legen. Dabei wird den Kindern ein Gefühl für Farbe und gute Form vermittelt. Die zahllosen Kombinationsmöglichkeiten der Ornamente verleiten sie immer wieder zu neuem, anregendem Spiel. Für 1–3 Spieler von 5–99 Jahren.

Art.-Nr. 605 5 602 4.